Escarabajo
en compañía

Pep Bruno
Rocío Martínez

Ediciones Ekaré

ÍNDICE

Escarabajo
en compañía

Escarabajo se levantó temprano y empezó a empujar su pequeña bola.

—Hoy —dijo— lo voy a conseguir.

Empujó y empujó haciendo rodar la bola hasta que llegó al lugar donde estaban Tres Hormigas.

—¡Escarabajo! —gritaron Tres Hormigas—, ¿quieres venir y tomar algo con nosotras?

—Estaría muy bien —contestó Escarabajo—, así podría descansar un poco.

Y se sentó con ellas.

Tres Hormigas preguntaron:

—¿Hoy lo vas a conseguir?

—No sé —respondió Escarabajo—. La bola es cada vez más pesada.

—Tal vez nosotras podríamos ayudarte. —dijeron Tres Hormigas.

Al terminar el desayuno, los cuatro juntos, se pusieron a empujar la bola.

Empujaron y empujaron hasta que llegaron al lugar donde Ciempiés buscaba su alimento.

—Hola —saludó Ciempiés—. Veo que hoy Escarabajo lo va a conseguir.

—Bueno —respondió Escarabajo—, cuento con gran ayuda.

—¿Qué tal si preparo algo de beber para todos y así descansan un poco? —preguntó Ciempiés.

—¡Sería estupendo! —contestaron Tres Hormigas—. Esta bola cada vez pesa más.

Después del refresco Ciempiés dijo:

—¿Puedo ayudar?

Y todos empujaron y empujaron la gran bola.

Más tarde pararon para descansar. En ese momento pasaba por allí Grillo.

—Vaya vaya, Escarabajo —dijo Grillo—, parece que hoy lo vas a conseguir.

—Ojalá —exclamó Escarabajo—. Falta muy poco, pero este último trecho es el más difícil.

—Quizá podríamos merendar algo antes de continuar —dijo Grillo.

Merendaron y luego se pusieron a ver las formas de las nubes. Después, decidieron continuar.

—¿Puedo ayudar? —dijo Grillo.

Y todos juntos empujaron y empujaron la enorme bola.

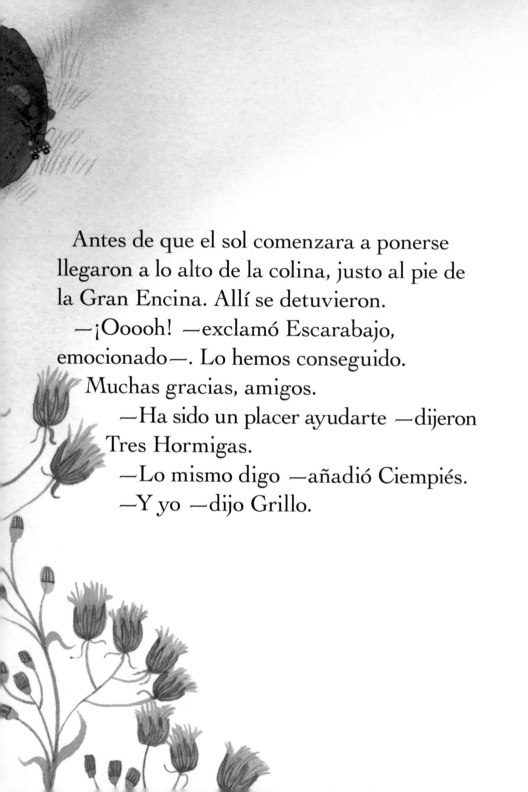

Antes de que el sol comenzara a ponerse llegaron a lo alto de la colina, justo al pie de la Gran Encina. Allí se detuvieron.

—¡Ooooh! —exclamó Escarabajo, emocionado—. Lo hemos conseguido. Muchas gracias, amigos.

—Ha sido un placer ayudarte —dijeron Tres Hormigas.

—Lo mismo digo —añadió Ciempiés.

—Y yo —dijo Grillo.

Escarabajo dijo:
—Creo que ahora me toca a mí preparar
la cena para dar las gracias a todos.

Entonces Escarabajo cogió un largo palo
y atravesó la enorme bola.

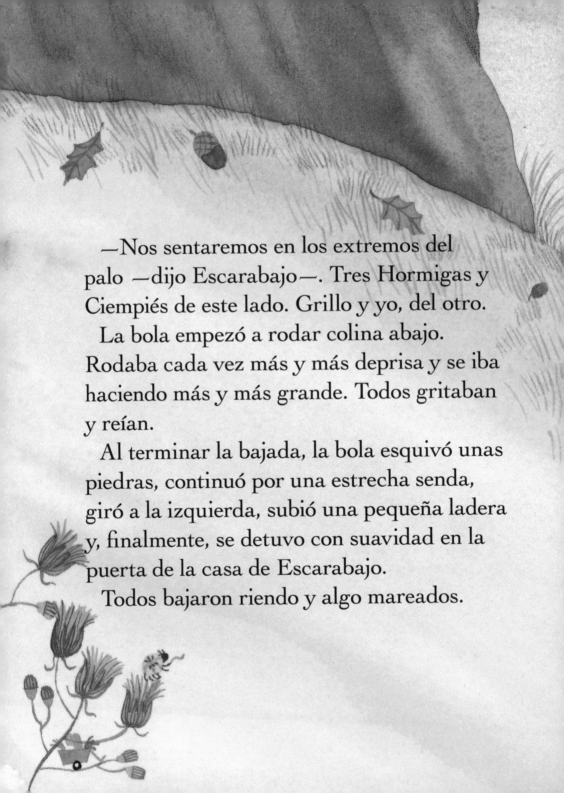

—Nos sentaremos en los extremos del palo —dijo Escarabajo—. Tres Hormigas y Ciempiés de este lado. Grillo y yo, del otro.

La bola empezó a rodar colina abajo. Rodaba cada vez más y más deprisa y se iba haciendo más y más grande. Todos gritaban y reían.

Al terminar la bajada, la bola esquivó unas piedras, continuó por una estrecha senda, giró a la izquierda, subió una pequeña ladera y, finalmente, se detuvo con suavidad en la puerta de la casa de Escarabajo.

Todos bajaron riendo y algo mareados.

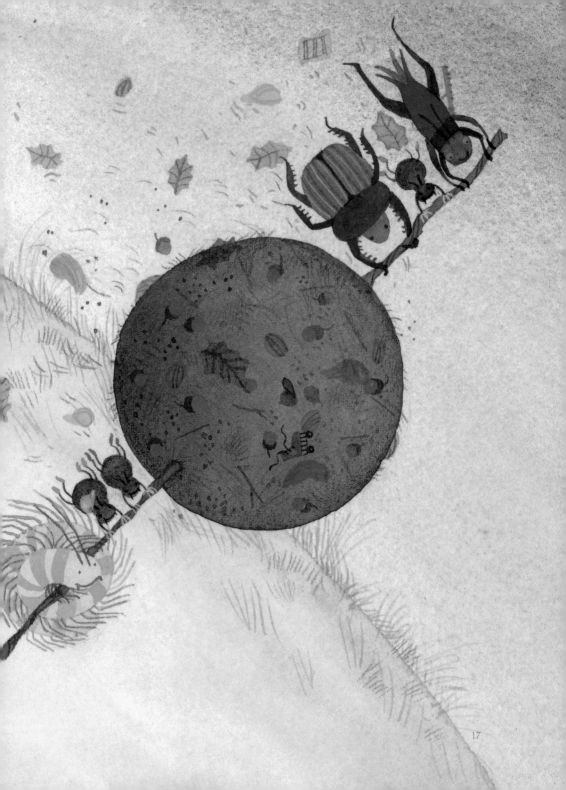

Escarabajo preparó una cena exquisita.
Después se tumbaron para ver las estrellas
y recordar el emocionante viaje.

Más tarde, Tres Hormigas contaron un cuento y, poco a poco, se fueron quedando dormidos.

Cuando la Luna estuvo en lo más alto,
soñaron que estaban sentados en ella
rodando noche abajo.

Ciempiés
y un zapato

Ciempiés estaba sentado debajo de una hoja. Tenía un zapato en una mano. Miraba al zapato y movía la cabeza.

—Bueno —dijo—, habrá que volver a contarlos todos otra vez.

Ciempiés comenzó a mirar todos sus pies.

—Veintisiete, veintiocho, veintinueve… Todos los pies tienen zapato. Treinta, treinta y uno, treinta y dos…

Escarabajo pasó por ahí.

—Ciempiés, pareces muy entretenido
—dijo—. ¿Qué estás haciendo?

Ciempiés miró a Escarabajo.

—Parece que me falta ponerme un zapato
—contestó.

Y Ciempiés le enseñó el zapato que tenía
en la mano.

—Si quieres puedo ayudarte —respondió
Escarabajo.

—Estupendo. Iba por el pie, el pie… ¡uff!,
no lo recuerdo.

—Da igual —dijo Escarabajo—.
Comencemos juntos.

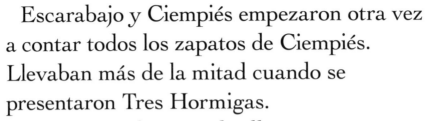

Escarabajo y Ciempiés empezaron otra vez
a contar todos los zapatos de Ciempiés.
Llevaban más de la mitad cuando se
presentaron Tres Hormigas.

—¡Hola! —dijo una de ellas.

—Hace una buena tarde —dijo otra.

—¿Qué pasa? —preguntó la tercera.

Escarabajo y Ciempiés dejaron de contar
y miraron a las hormigas.

—Estamos buscando el pie descalzo de
Ciempiés —dijo Escarabajo.

—Cuando terminé de ponerme mis zapatos
resultó que me sobraba uno. Escarabajo y yo
llevamos un rato buscando cuál de todos mis
pies está descalzo.

—Ah, en ese caso… —dijo una de las
hormigas.

—Tal vez nosotras… —dijo otra.

—Podríamos echar una mano —dijo la
tercera.

—¡Estupendo! —dijo Escarabajo—.
Íbamos por… por… Vaya, no sé por dónde
íbamos. Tendremos que comenzar de nuevo.

Ciempiés, Escarabajo y Tres Hormigas
empezaron a contar los zapatos de Ciempiés.

De pronto, llegó Grillo.

—Hola a todos. ¿Qué pasa? —dijo Grillo.

—Miramos pies —contestó una hormiga.

—Muchos pies —dijo la otra.

—¡Muchísimos pies! —exclamó la tercera.

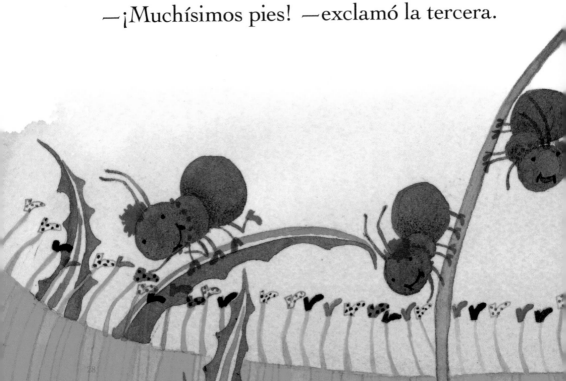

—Ah —contestó Grillo—, y yo estoy buscando mi zapato. Creo que lo perdí por aquí y no lo encuentro. ¿Alguien me podría ayudar?

Ciempiés miró el zapato que tenía en las manos y miró los pies de Grillo. El zapato era justo el que le faltaba a Grillo.

—Bueno —dijo Ciempiés—. Escarabajo, Tres Hormigas, ya no hay que buscar más. Todos mis pies tienen zapatos. Y tú, Grillo, también deja de buscar, que yo tengo tu zapato.

Grillo se lo puso y, efectivamente, era su zapato.

—Muy bien —dijo Escarabajo—. Entonces ya podemos irnos todos a bailar.

Y los amigos, contentos, se fueron juntos
a su clase de baile.

Aburrimiento

Grillo, Ciempiés y Escarabajo estaban sentados bajo una amapola. Hacía mucho calor.

—Me aburro —dijo Ciempiés—, me aburro, me aburro.

—Yo también —dijo Escarabajo.

—¿De veras? —preguntó Grillo—. Estupendo. Es muy bueno aburrirse. Gracias al aburrimiento uno puede imaginar aventuras, juegos, cuentos… No se me ocurre nada mejor para esta tarde de verano que aburrirnos juntos.

—¿Aburrirnos juntos? —preguntaron Ciempiés y Escarabajo.

—Oh, sí, es muy divertido. Para empezar, podemos quedarnos en silencio un rato mirando la amapola.

Los tres se tumbaron en el suelo y se quedaron mirando la amapola mecida por el viento.

—Parece una bailarina —dijo finalmente Ciempiés.

—Parece una llama de fuego —dijo Escarabajo.

—Parece una mancha de color rojo en una tela azul —dijo Grillo señalando al cielo.

—¿Por qué no pintamos la amapola tal como la vemos? —preguntó Escarabajo.

—Sería más divertido jugar a ser amapolas —dijo Ciempiés.

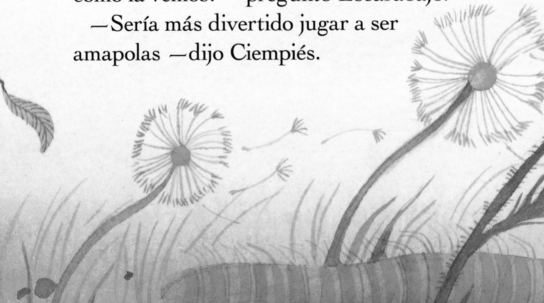

En ese momento llegaron Tres Hormigas.

—Hola a todos —dijeron Tres Hormigas—,
¿qué pasa?

—Estamos aburriéndonos juntos —dijo
Ciempiés.

Tres Hormigas se miraron extrañadas,
pero fueron a sentarse junto a ellos.

Pasaron unos cuantos minutos mirando a
la amapola hasta que una de las hormigas
dijo:

—Tal vez podríamos ir a darnos un baño.

—O a jugar al escondite —sugirió otra.

—O a explorar —propuso la tercera.

—Yo había pensado —dijo Escarabajo—
que tal vez podríamos ir a merendar a mi
casa y, después, hacer una cabaña.

—Hace mucho que no jugamos a policías y
ladrones —recordó Ciempiés.

Todos hablaban pensando en las cosas que
podrían hacer esa tarde. Solo Grillo
permanecía callado mirando a la amapola.
Escarabajo se dio cuenta y le preguntó:

—¿Qué te gustaría hacer esta tarde,
Grillo?

—¿A mí? —dijo Grillo—. A mí lo que más me gustaría es seguir aburriéndome. Solo con escuchar lo que va diciendo cada uno tengo la sensación de estar jugando a un montón de cosas sin moverme de aquí. No se me ocurre nada mejor que hacer.

—Está bien —dijo Ciempiés—. Aburrámonos un poco más y luego vemos a qué podríamos jugar.

Y todos continuaron tumbados, mirando a la amapola, a veces en silencio, pensando, y a veces charlando y riendo.

Hasta que la tarde se fue oscureciendo
por unos nubarrones que llegaron con ganas
de jugar.

La visita

Escarabajo y Ciempiés tomaron el camino que daba a la colina de la Gran Encina.

Al pie del árbol los esperaban Tres Hormigas y Grillo. Se sentaron todos juntos y charlaron un rato hasta que, poco a poco, las voces se fueron apagando y acabaron en silencio. Solo se oía el rumor de la hierba y el breve agitarse de las hojas de la vieja encina.

Pasaban los minutos. En el cielo, unas pequeñas nubes iban lentas por el azul. Entonces Ciempiés se incorporó, miró a lo lejos y dijo:

—Parece que viene alguien por el camino de la colina.

Todos se levantaron y miraron hacia el horizonte. Un pequeño punto se movía por el sendero que serpenteaba al pie de la colina.

—Vamos a echar un vistazo —dijeron Tres Hormigas. Y treparon por el tronco de la Gran Encina.

—Parece un viajero —dijo Escarabajo.

—O un aventurero —exclamó Grillo.

—O alguien que se ha perdido —dijo Ciempiés.

Mientras tanto el punto se iba acercando.

—Parece grande —dijo Escarabajo.

—Parece alto —exclamó Grillo.

—Yo diría que es un saltamontes —dijo Ciempiés.

—¡Sí, lo es! —gritaron Tres Hormigas.

Todos se sentaron a esperar. Minutos más tarde llegó el saltamones.

—¡Buenos días! —dijo.

—¡Buenos días! —contestaron todos.

—¿Puedo sentarme un rato a descansar?

—Puedes quedarte con nosotros todo el
tiempo que desees —respondió Grillo.

—Estupendo —dijo el saltamontes—,
vengo de muy lejos y estoy cansado.

Dejó su pequeño hatillo a
sus pies y se sentó junto
a Escarabajo. Todos
lo miraban en silencio.

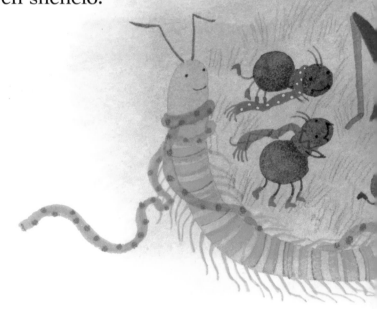

Entonces Grillo preguntó:

—¿Eres un viajero?, ¿vienes de muy lejos?, ¿a dónde te diriges?...

—Grillo, deja que descanse —dijo Ciempiés.

—Mi nombre es Saltamontes —contestó el viajero—. Hace mucho tiempo que abandoné mi casa para recorrer el mundo.

—¿Y has visto cosas curiosas? —preguntó
Grillo.

—¡Oh, sí! Viajar es siempre una sorpresa
—respondió Saltamontes—. He visto
paisajes maravillosos y conocido a mucha
gente, alguna bien extraña. Recuerdo a una
mosca que estaba intentando barrer el mundo
entero para que no hubiera suciedad.

—¡Vaya! —exclamaron Tres Hormigas—,
qué gran tarea para una pequeña mosca.

—Sí —respondió Saltamontes, sonriendo—,
quizás cualquier día aparezca con su escoba
por este camino… También he conocido a

otros viajeros como yo. Hice un buen
amigo, Caracol, que durante muchos días
fue compañero de viaje hasta que llegamos a
un cruce de caminos. Él se fue por una
dirección y yo por otra.

—Oh —dijo Grillo—, sería muy triste la
despedida, ¿no?

—Sí, las despedidas siempre son tristes
—dijo Saltamontes—, pero estamos seguros
de que nuestros caminos volverán a
cruzarse.

Saltamontes sonrió y comenzó a contar algunas de sus aventuras. La tarde iba pasando y Saltamontes seguía contando. Con cada una de ellas el cielo pintaba una estrella.

Hasta que el cielo estuvo lleno de estrellas y todos se habían quedado dormidos. Escarabajo, Grillo, Ciempiés y Tres Hormigas soñaban con lugares lejanos, insectos exóticos y aventuras extraordinarias.

Saltamontes soñaba que estaba
durmiendo bajo una vieja encina rodeado
de amigos.

La fiesta
de despedida

Saltamontes pasó un tiempo en la colina de la Gran Encina con sus nuevos amigos. Un día anunció que tenía que continuar su viaje. Todos se entristecieron. Se habían acostumbrado a su compañía y a sus historias. Fue como si una nube tapara el sol. Escarabajo dijo:

—Pues si te vas a ir, tendremos que preparar una fiesta de despedida.

La nube de tristeza se marchó y todos se pusieron a trabajar. Escarabajo decoró el patio, Grillo habló con los músicos, Ciempiés se encargó de las invitaciones y Tres Hormigas recogieron comida suficiente para tres banquetes.

Cuando todo estuvo listo, Grillo, Ciempiés
y Escarabajo se sentaron a esperar a los
invitados. Los músicos afinaban sus
instrumentos y Tres Hormigas terminaban
de decorar los pasteles.

Grillo miró al escenario y dijo:

—Parece que los músicos van a estar muy
apretados.

Pronto empezaron a llegar los invitados
y enseguida la fiesta estuvo muy animada.
La música sonaba sin descanso.

Todos bailaban, comían, charlaban y reían
sin parar. El patio estaba lleno.

Saltamontes también parecía disfrutar y
sonreía, aunque su corazón estaba triste
porque tenía que continuar su viaje y dejar
atrás a sus amigos.

65

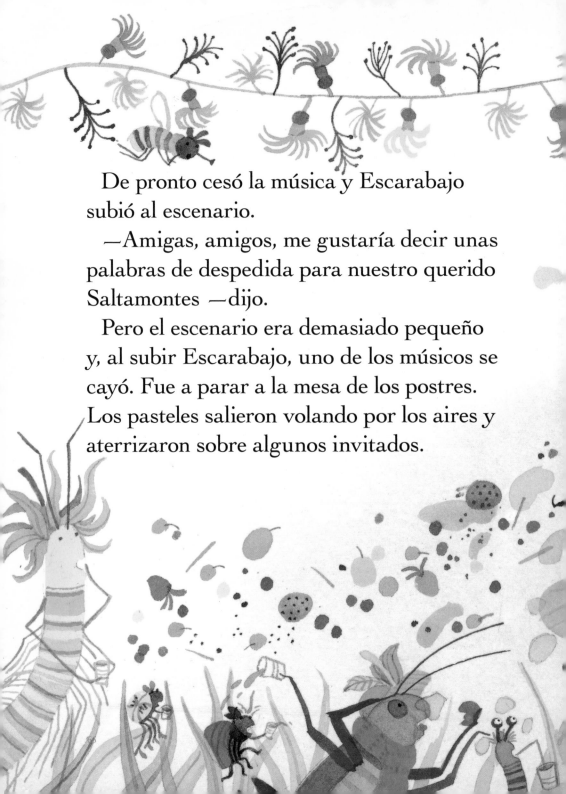

De pronto cesó la música y Escarabajo
subió al escenario.

—Amigas, amigos, me gustaría decir unas
palabras de despedida para nuestro querido
Saltamontes —dijo.

Pero el escenario era demasiado pequeño
y, al subir Escarabajo, uno de los músicos se
cayó. Fue a parar a la mesa de los postres.
Los pasteles salieron volando por los aires y
aterrizaron sobre algunos invitados.

Al caerse el músico, el escenario se inclinó
hacia delante. Los músicos resbalaron hacia
Escarabajo. Escarabajo cayó al suelo.
Encima de él, los músicos y sobre ellos,
los instrumentos.

Ciempiés salió corriendo a ayudar a
Escarabajo y a los músicos. Pero tropezó con
sus propios pies y acabó rodando por el
suelo y empujando a varios invitados.

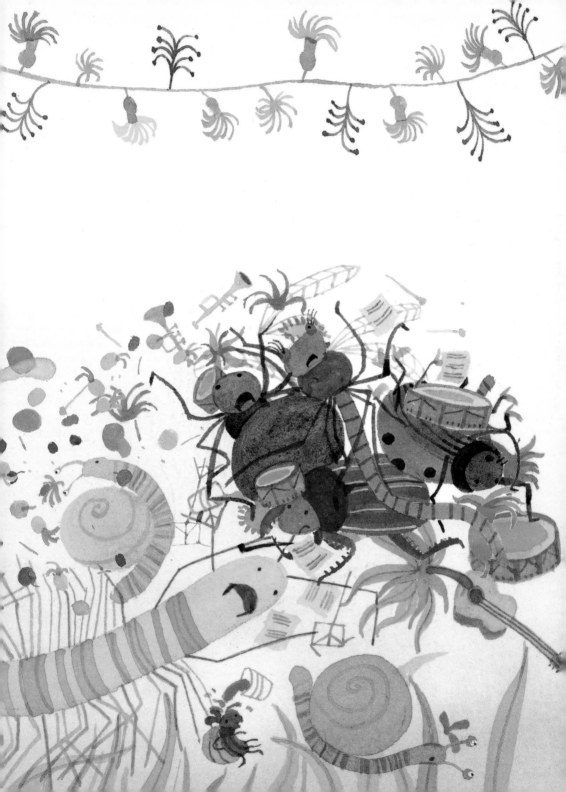

Grillo, que vio que la fiesta se estaba
animando, cogió un instrumento y se puso
a tocar y a cantar. Tres Hormigas cogieron
otros instrumentos y le acompañaron
mientras los pasteles volaban por los aires.

La fiesta continuó así hasta que se acabaron
los postres. Entonces todo el mundo comenzó
a aplaudir y a reír.

Por fin Escarabajo pudo salir de debajo de
los músicos. Subió al escenario, se colocó en
el medio y abrió la boca para decir unas
palabras. Pero le entró un ataque de risa y
se puso a reír y a reír y a reír, tanto que
acabó por caerse de espaldas. El escenario
volvió a desequilibrarse y Escarabajo rodó
por encima de los músicos que empezaban a
ponerse de pie.

Grillo y Tres Hormigas cogieron de nuevo
los instrumentos y se pusieron a tocar
mientras Ciempiés bailaba en medio de la
pista. La fiesta siguió y siguió y siguió hasta
que todo el mundo quedó agotado y
sonriente.

Entonces Saltamontes dijo:

—Amigos, ya tengo que marcharme. Esta
ha sido la mejor fiesta de despedida a la que
me han invitado en toda mi vida. Gracias,
Escarabajo. Gracias, Grillo. Gracias,
Ciempiés. Gracias, Tres Hormigas. Gracias
a todos. Llevaré por siempre este momento
alegre conmigo. Quisiera que mientras
me marcho, la fiesta continúe. Este será el
último recuerdo que me lleve de mis amigos.

Saltamontes se dio la vuelta y emprendió el camino. Hubo unos segundos de desconcierto, pero enseguida Grillo comenzó a tocar y Tres Hormigas le siguieron. Escarabajo se puso a bailar.

Mientras, Saltamontes caminaba con
el corazón lleno de felicidad y una sonrisa
en su cara.

Nota del autor

Llevo veinte años contando cuentos, ese es mi oficio, contar cuentos a niños y niñas, jóvenes y público adulto. Antes de salir a un escenario a contar tengo que dedicar mucho tiempo a leer cuentos para encontrar los que serán mis compañeros de boca y corazón. Esa es la razón por la que paso mucho, mucho tiempo leyendo. Y esa es la razón por la que he encontrado algunos libros y cuentos maravillosos que me han llenado (y me siguen llenando) de felicidad. Este libro de cuentos es un homenaje a algunos de esos cuentos y autores que me acompañan desde hace años.

Arnold Lobel es un escritor e ilustrador de libros para niños y niñas que leo continuamente, en especial un librito delicioso titulado *Saltamontes va de viaje*, en el que Saltamontes corre muchas aventuras viajando de un lado para otro. En gran parte todo este libro es un homenaje a Lobel y sus cuentos imprescindibles.

Si hablamos de Grillo y hablamos de cuentos, estamos hablando de un escritor ilustrador estupendo llamado Eric Carle, quien ha escrito varios libros inolvidables, entre ellos: *El grillo silencioso*. Aunque el Grillo de estos cuentos está más cercano a *Frederick*, el protagonista de un maravilloso cuento de Leo Lionni. Frederick es un poeta al que, cuando sea mayor, me gustaría parecerme.

"Aburrimiento". Qué gran suerte poder aburrirse. Estas cosas las aprendí de *Winnie the Pooh*, el entrañable protagonista del libro de A. A. Milne, otro de mis libros de cabecera.

En "Una visita inesperada", Saltamontes cuenta sus historias igual que hace Selma, la oveja que soñó Jutta Bauer y que no deja de contar el secreto de la felicidad.

Y, por último, en estas páginas quiere haber también un homenaje a algunos malabaristas de las palabras con los que comparto muchas cosas, los narradores orales, compañeros imprescindibles de mis días.

P. B.

EDICIONES
ekaré

Edición a cargo de Carmen Diana Dearden
Dirección de arte y diseño: Irene Savino

Primera edición, 2014

© 2014 Pep Bruno, texto
© 2014 Rocío Martínez, ilustraciones
© 2014 Ediciones Ekaré

Todos los derechos reservados

Av. Luis Roche, Edif. Banco del Libro,
Altamira Sur. Caracas 1060, Venezuela

C/ Sant Agustí 6, bajos. 08012 Barcelona, España

www.ekare.com

ISBN 978-84-941716-9-7
Depósito Legal B.12821-2014

Impreso en China por South China Printing Co. Ltd.